AF493177

Chelito mío y otros cuentos

Lucy Cuevas

Chelito mío
& otros cuentos

Ediciones Enriquillo

Chelito mío y otros cuentos
©Lucy Cuevas

ISBN: 978-9945-9206-4-2

©Ediciones Enriquillo
Primera edición: noviembre 2020

Corrección de estilo: Carlos Reyes
Diseño de portada/Diagramación: Karla A. Bidó Mateo
Imagen de portada: master1305 (Freepik.com)

Ediciones Enriquillo
Edicionesenriquillo@gmail.com
Instagram: Edicionesenriquillo
Facebook: Ediciones Enriquillo

Índice

La versión de Firulais...9

El viejo rabo verde 13

La araña miedosa...15

Lágrimas de azúcar 17

Querido Limpiabotas 28

La insensatez de Herly 32

Grandes pisadas 34

Chelito mío..37

La versión de Firulais

Una tarde gris (como la mayoría), estaba yo lamiendo mis patas y estirándome relajado, cuando de pronto mis orejas se alzaron; todo mi cuerpo se puso en modo de atención, pues ocurrió algo que me espantó…

—Esperen un momento, ¿a dónde dejé mis modales?, mi nombre es Firulais, mi apellido es Pérez, aunque nadie lo pronuncia, pertenezco a esta familia.

Quiero contarles mi versión o, mejor dicho, la versión real de un crimen que cometieron enfrente de mis narices. Quizás se sorprendan de escuchar a un perro narrador, sin embargo, lo que les diré les sorprenderá aún más.

Había dicho que ocurrió algo que me espantó, recuerdo todos los detalles de ese día, el televisor de la sala estaba encendido: hablaban de política y de algunos desastres que hacían los humanos cuando llegaban al poder. Uno de los miembros de mi familia, Jeremías Pérez, se quejaba cuando veía esos programas, pues él era muy correcto y siempre decía "no vendo mi voto por un picapollo", no entendía mucho eso, solo sé que el picapollo sabe muy rico.

Jeremías era muy bueno conmigo, me sacaba a pasear muchas veces al día, jugaba conmigo en el parque y me daba todo lo que me gustaba comer, ¿saben?, nosotros sentimos cuando alguien tiene buen espíritu, él sin dudas tenía uno de ángel, podía ver colores en su alma.

Mi Jeremías fue la víctima de aquel atroz crimen. Las autoridades apresaron a un señor que había sostenido una discusión con él, pocas semanas antes de su muerte, ese era el principal sospechoso porque, además, lo había amenazado públicamente cuando tomó mucho alcohol.

El hermano mayor de Jeremías, Marcos Pérez, contribuyó con la justicia para inculpar a ese señor, pero la verdad la sé yo.

¡Él es inocente!

Permítanme intrigarles un poco antes de desarrollar esa parte. Empezaré argumentando que los humanos son bien extraños, generalmente sus emociones son falsas, lo que dicen con su boca, no se corresponde con sus acciones, nosotros, en cambio, parecemos tontos al mover la cola, dar piruetas o hacer algunas cosas con la lengua. No obstante, siempre mostramos lo que sentimos, así cuando nos enojamos o no nos gusta alguien sacamos los colmillos o ladramos fuerte; los humanos, por el contrario, fingen que les gustan todos y le mueven la colita a todos, mientras sacan sus garras por debajo.

Esa tarde era más gris de lo que normalmente veo, fue peor que las garrapatas cuando te entran a la oreja, cuando te pican las pulgas o cuando te pisan una de tus patas; quise impedirlo, pero somos muy leales y en esa contienda ambos eran mis dueños. Me sentí confundido.

Marcos tenía muchas más cosas que Jeremías, sin embargo, todo el tiempo estaba enojado, deseaba las pocas cosas de Jeremías; sus padres le habían dejado esa gran casa, antes de fallecer vivíamos juntos los tres. Cuando él no estaba, Marcos se quedaba mirando sus trofeos y reconocimientos artísticos de una forma muy mala, le molestaba verlo feliz. Jeremías, por su lado, era muy conforme, estaba muy contento porque había conocido a Maritza, una mujer muy buena y bonita. Ella me acariciaba el pelaje de una manera incomparable, a veces me convencía para darme un rico baño. ¡Ay, Maritza, cuanto te extraño!

Pues, ellos deseaban mudarse y formar una familia, yo pensé esconderme en su vehículo para que me llevaran también, hasta imaginé una casita en el patio con mi nombre: "Firulais Pérez".

Pero Marcos se ponía muy furioso cada vez que los veía juntos, así que esa tarde gris, la más gris que he visto, Marcos asesinó a su hermano, no supe qué hacer, imaginé que jugaban, pero luego vi la sangre y ya supe que lo habían lastimado, como cuando me enredé con aquel alambre de púas o cuando el perro gigante me mordió. Fue peor que eso porque Jeremías cayó al suelo muy rápido, me puse a llorar y tapé mis ojos.

Marcos preparó un plan para que culparan al borrachón que está preso ahora, no obstante, Marcos se siente más triste y enojado que antes, yo estoy por irme pronto de esta casa, porque ya no me quiere ni atender, tengo como dos meses sin bañarme y solo me da migajas de su comida: ¡me trata como un animal!

Quizás nunca pregunten mi versión por ser un perro, pero por lo menos me estoy desahogando.

He aprendido una grave lección humana, como cuando Jeremías escuchaba el programa en la radio, un señor con voz chillona que exponía diferentes sermones. Recuerdo un día en que yo estaba bien quieto a su lado, mi barriga estaba llena de carne y mi cuerpo limpiecito, ese hombre contó la historia de unos personajes, creo que eran Caín y Abel y luego expresó lo siguiente, intentaré imitar su voz…:

"La envidia es un arma letal, ver a través de ese espejo resulta muy frustrante y doloroso, es una sensación de malestar. Ella no se muere, hasta que la persona la afronte y aprenda a superar ese sentimiento tan horrible.

Una manera de darse cuenta si se padece ese mal, es cuando no podemos reconocer los méritos o talentos de los demás, nos resulta difícil considerar si alguien luce hermoso, felicitar por algún logro o sentirnos mal si lo hace, preferimos ver el lado negativo, no disfrutamos lo que tenemos, procuramos ver los defectos y enfocarnos en hacer sentir mal al otro para estropearle su felicidad".

Y citó…

"El corazón apacible es vida de la carne; más la envidia es carcoma de los huesos". Proverbios 14:30

"La envidia es el homenaje que la mediocridad le rinde al talento". Jackson Brown.

"La envidia en los hombres muestra cuán desdichados se sienten, y su constante atención a lo que hacen o dejan de hacer los demás, muestra cuánto se aburren". Arthur Schopenhauer.

"La envidia es una declaración de mediocridad". Napoleón I.

Ese sermón me lo aprendí enterito, porque yo estaba pegado al piso de la hartura que tenía y el radio estaba muy cerca de mí, lo que no imaginaba es que vería con mis propios ojos una historia similar.

Bueno, esta es mi versión de ese atroz crimen que ocurrió el día más gris que he visto, me despido de ustedes.

Si me quieren adoptar estoy disponible, pero no quiero cambiar mi nombre en honor a Jeremías, seguiré siendo Firulais Pérez.

El viejo rabo verde

Estaba muy asustada. A medida que el sol se ocultaba, su temor aumentaba, al parecer la oscuridad atraía a ese monstruo tan espeluznante. Su hogar no era la mejor guarida, eso lo tenía bien claro.

¿Alucinación? Era más que eso; no obstante, los demás solo observaban a un paciente geriátrico que reflejaba ternura e infundía compasión; ella veía el otro lado de la moneda.

Sus obras de arte didácticas eran repulsadas, no entendían su mensaje cuando dibujaba ese aterrador viejo monstruo verde con una cola larga; lo repetía cada vez que tenía la oportunidad, sin embargo, los docentes le indicaban cómo era la forma correcta de hacer un diseño perfecto, lejos de todas esas características extrañas que ella representaba, sin pensar que ella solamente se estaba desahogando.

La primavera se adelantó y se estacionó en el otoño, las hojas caían sin ni siquiera haber crecido lo suficiente.

Nadie le preguntó por qué no sonreía como los demás, por qué de repente su comportamiento se volvió agresivo y su autoestima estaba por el suelo.

Nadie buscó respuestas sobre sus dificultades para dormir, sus ideas suicidas, trastornos de la conducta y su rechazo hacia las personas, en especial su odio por los ancianos.

Había vivido poco menos de una década y ya tenía razones suficientes para retroceder al vientre de su madre y quedarse por siempre allí.

El viejo rabo verde, como ella lo describía en su mente, le había nublado su inocencia, ¡le había jodido la vida!

Luego de algunos años se atrevió a denunciarlo, haciendo algunas preguntas retóricas un tanto perturbadoras: ¿cómo alguien tan cruel podía llamarse "abuelo"?, ¿por qué sus padres la dejaban sola tantas horas para ir a trabajar?, ¿por qué le sucedió a ella?...

Luego de sus expresiones, se procedió legalmente y descubrieron que realmente existía ese "viejo rabo verde" que era protagonista de sus obras de arte y que, además, pertenecía a su círculo familiar...

Pero eso fue ya hace mucho tiempo, ese monstruo se convirtió en un fantasma inofensivo. Ella ahora es la intérprete de la obra de su vida, pues mostró resiliencia y se ha dedicado a ayudar personas, orientando a las madres y a los niños para prevenir esas situaciones, además de auxiliar a los que ya han sufrido ese mal. Ya no le teme a los monstruos, ahora es valiente.

La araña miedosa

Sarita, la arañita, era muy miedosita. Por la noche no salía, porque las sombras a monstruos les parecían, tampoco cuando el sol brillaba mucho, pues decía que podía quemarse y ni pensar en un día lluvioso, no se atrevía ni a asomarse. Pero lo más aterrador para ella, no era nada de lo anterior… Era una gigante niña, que le aceleraba el corazón. Cada vez que la veía, daba vueltas de aquí para allá. Sus pisadas se escuchaban como un dinosaurio colosal.

Ese espantoso ruido, era lo que más asustaba a Sarita, así que corría muy rápido para su guarida.

El mayor deseo de la arañita era cruzar al otro lado de la sala, pues a los lejos observaba, todo lo que le gustaba. Insectos suculentos, un lugar con sombras para sus telas tejer, había un lindo jardincito cerca de la ventana con un espacio para correr. Eso era como una utopía para ella, aunque otros habían cruzado antes sentía que no lo lograría, pues se consideraba muy cobarde. Un día se detuvo y comenzó a cuestionar cómo sin miedo cruzaba del otro lado su papá.

Fue en ese momento cuando escuchó los consejos que su padre le dio:

—Primero querida hija, debes conocerte y saber cuáles son tus cualidades, eso te ayudará a tener más seguridad: eres un artrópodo; tienes ocho patas, lo cual te facilita saltar cincuenta veces tu propia longitud, tienes la capacidad de adaptarte a cualquier hábitat, a excepción del agua; cuatro pares de ojos que te permiten ver objetos desde lejos, tu sangre es azul…

Sarita se quedaba impresionada…

—Luego conocer a lo que le temes para saber cómo enfrentarlo, entender cuáles son sus debilidades para usarlas a

tu favor. Ves esa niña, llevo años observándola, bueno, desde
que nació; cada vez que ve a una araña comienza a saltar
porque tiene aracnofobia, eso escuché que dijo su madre, o sea
, teme a las arañas, quería que lo descubrieras por ti misma,
pero la mejor forma de enfrentar el miedo es conocer aquello
a lo que le tememos, acercarnos y descubrir cuál es la verda-
dera razón por la que nos aterroriza, será que generalmente
tememos más a lo que imaginamos en nuestras mentes, que a
la realidad misma.

Después de haber escuchado esto…

Sarita, la arañita, se volvió valientica y cruzaba la sala con
su cara presumida.

Fin

Lágrimas de azúcar

No se acercó demasiado a la ventana. El viento soplaba lo suficiente como para mover un molino pequeño, tomó uno de sus abrigos favoritos de color verde, además descolgó de su perchero un gorrito bordado para colocarlo en su cabeza. Se estaba cubriendo bien, pues temía resfriarse aún dentro de su hogar, se acomodó en el gran sofá que había en la sala.

Su padre lo observaba a unos pocos metros de distancia, sabía que su hijo hacía, al pie de la letra, todo lo que le había enseñado para cuidarse.

Unos minutos después de haberse recostado en el diván de terciopelo marrón, llamaron a la puerta.

¡Toc! ¡Toc!

¿Quién es? —preguntó Halu.

Soy Dustin, vine a jugar contigo.

Hola, Dustin, hoy no podré jugar, está haciendo una brisa muy fuerte y me puede hacer daño, a ti también. Es mejor que regreses a tu casa y te abrigues bien —respondió Halu detrás de la puerta.

¡Ja, ja, ja! —rió Dustin— , ¡tú siempre con tus cosas!, no seas exagerado, el viento no está tan fuerte como dices, el día está muy agradable, no está lloviendo, ni hace tanto sol, tampoco está nevando, no sé cómo es el clima perfecto para ti, siempre dices que te hace daño.

Lo siento, Dustin, en otro momento saldré a jugar contigo, mi padre me dice que es peligroso y él lo sabe todo —dijo Halu un poco triste mientras pegaba su rostro a la mirilla de la puerta para ver cuando su amigo se retirara.

Había muchas cosas que Halu no entendía, a pesar de que

obedecía; por ejemplo: ¿por qué no debía llorar? Aprendió a reprimir sus tristezas porque entendía que llorar traería como consecuencia algo malo, también a no salir de casa, entre otras reglas establecidas por su padre.

Su madre murió de parto cuando lo tuvo a él, así que no la conoció. Creció solo con su padre y no tenía más familiares cercanos, pues habían emigrado a otro territorio lejos de sus raíces.

Para los demás niños, la vida de Halu era muy aburrida y lo consideraban un fenómeno por su comportamiento antisocial. Su padre lo educaba en casa para no exponerlo a los "peligros" de afuera, la cantidad de veces que había salido era menos que los pétalos de una margarita, pero desde su ventana observaba muchas cosas. Dustin vivía al frente y desde pequeños se conocían, decían que eran los mejores amigos.

Un lunes soleado había una celebración en las calles, por motivo de la llegada del nuevo alcalde; Dustin se paró en la ventana de Halu y le informaba todo lo que estaba sucediendo con ese personaje recomendado que juraba a los ciudadanos una excelente gestión con oportunidades extraordinarias.

Cuando sea grande, quiero ser como el alcalde Rost, él es mi inspiración para el futuro —dijo Dustin entusiasmado.

El futuro no existe, eso me dice mi padre, porque el presente es lo que vives ahora, ya el pasado queda atrás después que llegas al hoy. Entonces eso es una mentira disfrazada para entretenernos o una utopía, el futuro nunca llega por más que corramos a alcanzarlo, solo es una ilusión —respondió Halu con voz seca.

Eso es lo más tonto que he escuchado, sabes, con todo respeto, pienso que tu padre no sabe nada de la vida y quiere que sigas por ese mismo camino, no te permite ver, ni explorar el mundo para que saques tus propias conclusiones, prefiere educarte en casa para que te limites a decir "mi papá me dijo". Lees un montón de libros buenos, pero no pones en práctica aquellas cosas importantes que aprendes de ellos, hasta me atrevo a pensar que ustedes le dan una interpretación errónea.

Eres mi amigo de siempre y a pesar de que tenemos ciertas restricciones para desarrollar nuestra amistad, como lo hacen los demás, me he adaptado a su forma, tampoco escucho a los demás cuando me dicen cosas negativas de ti. Sin embargo, no estoy de acuerdo ni con lo que acabas de decir, ni con otras acciones absurdas que hacen o dicen ustedes.

Luego de que Dustin dijera esas palabras, como si estuviera resentido y decepcionado, tomó su bicicleta y se marchó detrás del gentío.

A pesar de ser adolescentes de trece años, eran muy maduros, por supuesto, tanto que cada cual lo reflejaba a su modo, pues sus condiciones de vida eran totalmente diferentes.

Halu leía muchos libros, era su pasatiempo favorito (además no tenía muchas opciones), así que desarrolló muchas ideas y filosofías complicadas, pero le faltaba aprender más de la vida, convivencia, relaciones humanas, explorar el mundo que estaba más allá de las cuatro paredes que lo detenían, hacer empatía con el universo y descubrir su identidad, le urgía saber quién era y qué era capaz de hacer por sí mismo.

Se entristeció porque entendió que había ofendido a su amigo, al único que hacía un esfuerzo por entenderlo, quien mostraba tolerancia y respeto a un nivel excepcional.

Parece que era muy importante para Dustin el asunto del "futuro", pues estaba muy molesto y a pesar de que Halu había dicho esas palabras, no se sentía muy seguro de ellas.

Al otro día, aprovechando que su padre trabajaría horas extra y que el clima estaba adecuado, intentó de cierta forma compensar el mal rato que le hizo pasar a Dustin y lo llamó desde su ventana. Cuando él le respondió le propuso que salieran a jugar aprovechando que su padre no estaba en casa y tardaría en llegar. Dustin se alegró y se dirigió a su casa a buscarlo en su bicicleta.

¡Apúrate, Halu, antes de que cambies de opinión!

Estuvieron jugando con una pelota durante unos minutos en el parque que estaba cerca de su casa, luego a Dustin se le ocurrió una idea.

Era extraña la sensación para Halu, se sentía como un preso cuando sale fuera de su cárcel con un permiso, sabe que no pertenece al exterior y que deberá regresar pronto.

Vamos hacia la playa, hay un barco que ya no utilizan hace mucho tiempo y lo tienen amarrado en el muelle, nunca puedes salir a jugar, así que debemos aprovechar —dijo Dustin, entusiasmado.

Creo que no es buena ide…

No empieces, vamos y si no te agrada estar allí, pues regresamos inmediatamente —interrumpió Dustin.

Cuando estuvieron en el muelle, vieron el barco, a Halu le agradó mucho ver el mar. Sin pensarlo dos veces, entraron al buque y después de unos minutos aparecieron unos hombres raros pensando que no había nadie, entraron en el viejo navío e intentaron contar un dinero que tenían, su apariencia era de hombres malos.

Luego de unos segundos notaron la presencia de los niños, ellos se alarmaron y gritaron

¡Ahhh! ¡Ahhh!

Fue entonces cuando uno de los hombres tapó la boca de Dustin y lo amenazaron de muerte si volvían a hacer algo inquietante.

Uno de los hombres lucía como los piratas de los cuentos: una barba rojiza bastante copiosa, una barriga enorme, llevaba en su grueso cuello diferentes collares que, según observaban, simbolizaban algo importante para él porque cada vez que decía alguna palabra emocionante, tomaba uno de ellos y le daba un beso. Eran como amuletos. Además usaba unas botas extrañas y un viejo gorro Gatsby; el otro sujeto parecía más conservador y hasta cierto punto, normal.

¿De dónde aparecieron ustedes? —preguntó el hombre conservador con un tono intimidante.

Solo salimos a jugar, señor —indicó Halu aterrado

¿Piensan que vamos a creer eso? Seguro fue el sapo de Greco que los envió a vigilarnos —dijo el señor barbudo mientras los sostenía de forma agresiva por los brazos y les repetía que irían con ellos para investigarlos.

Rápidamente los ataron, taparon sus bocas y se marcharon en una camioneta vieja que los recogió.

Todo el camino Dustin y Halu no hacían más que mirarse espantados y maquinaban en su mente toda clase de tortura que pudieran hacerles. No podían hablar, pero sus ojos expresaban miedo.

Una vez llegados a otra embarcación bien asegurada, entraron a los niños sigilosamente para no ser vistos. En sus rostros se notaba lo satisfechos que estaban por las ganancias que habían obtenido y porque entendían que habían capturado a dos intrusos del lado opuesto.

Dustin intentaba decir algo, pero no lo podían entender porque tenía la boca tapada con una mordaza.

¡Maldito niño!, ya me tienes desesperado con tus balbuceos, te voy a desatar la boca para que puedas hablar y me digas qué rayos quieres —dijo el hombre barbudo enojado.

¡Necesito ir al baño, ya no aguanto más! —dijo Dustin una vez destaparon su boca.

—Si vas a orinar, lo puedes hacer en este tarro y arrojarlo por la borda —respondió el otro hombre con mal genio.

Y musitó a su compañero: —No debimos traer a estos moscosos, son una carga para nosotros, es más estoy dudando de que Greco los haya enviado para espiarnos, quizás ellos tienen razón, son inocentes.

Decidieron dejarles la boca libre porque se encontraban en un lugar seguro, donde nadie los podía escuchar. Dustin y Halu estaban en una tablilla acolchonada, la cual hacía la función de una cama; debajo había otra, ahí dormía el hombre barbudo. Comenzaron a charlar entre susurros:

Me siento muy mal, no debí hacerte caso, ya entiendo por qué mi padre me advertía de los peligros de afuera, son reales, nunca debí desobedecerlo —indicó Halu, triste.

Me siento responsable de todo esto, pero nunca me había pasado nada de lo que yo me arrepintiera por salir a jugar y divertirme, es la primera vez, además la idea fue tuya, creo que solo nos queda llorar —respondió Dustin, apenado.

Yo no sé llorar, nunca lo he hecho desde que tengo uso de razón, mi padre me enseñó que es malo llorar y por eso me adiestró para que aprendiera a controlar mis lágrimas, dice que eso es para los débiles.

Pues, yo no creo eso, tengo un concepto diferente de las lágrimas; ellas te fortalecen, a veces te sanan y te pueden salvar. Siempre he escuchado que las lágrimas limpian el alma y sanan el corazón, además puedes llorar de felicidad también.

Halu se quedó asombrado por todo lo que dijo su amigo con tanta seguridad y preguntó: —¿cómo lo hago?

Solo debes pensar en esta situación, las cosas que extrañas y lo que quisieras hacer, como te sientes al no estar en tu casa al lado de tu padre, haciendo lo que acostumbran, estamos secuestrados y no sabemos qué va a pasar con nosotros, cierra los ojos y siente con el corazón este momento.

Luego de unos segundos de haber escuchado esas palabras, Halu derramó unas lágrimas, a seguidas fue aumentando la cantidad, cayeron en la boca del hombre barbudo y prontamente él se despertó diciendo:

—¿Qué fue lo que vertieron en mi boca?, ¿dónde está?

¡No le hemos echado nada señor, se lo juro!

No me mientan, me cayó un líquido en la boca como si fuera agua, pero su sabor era dulce, nunca había probado nada igual, su sabor es similar al néctar de la fruta más deliciosa que pueda existir, todavía lo siento en mi paladar —dijo el hombre inspirado, y agregó: —Si me entregan el frasco, les prometo que no les haré daño.

Dustin notó que Halu había llorado, era el único líquido parecido al agua que podía haber caído desde allí, puso un dedo en su mejilla y confirmó lo que estaba pensando, eran como ¡lágrimas de azúcar!

Mi amigo tiene un poder singular, sus lágrimas son especiales, son de otro universo, no verás a nadie en este mundo con esa característica, sus lágrimas son como de azúcar —dijo Dustin aprovechando el asombro del hombre.

Cuando él se acercó, se dio cuenta que era real lo que decía Dustin, eran ¡lágrimas de azúcar!

¡Eres un ángel enviado del cielo! —exclamó el hombre barbudo y comenzó a besar cada una de las figuras que colgaban en su cuello.

Dustin notó que toda la atención estaba sobre Halu, el cual también estaba sorprendido porque desconocía ese secreto de sus lágrimas, así que se le ocurrió un plan. Le dijo al hombre que también él tenía el poder de convertir dulces sus orines, pero que si se almacena vuelve a su sabor tradicional, solo puede mostrarlo si orina directamente en la boca de alguien, imaginando que eso no les gustaría y, efectivamente, al hombre no le agradó la idea, pero le creyó para no entrar en controversia.

—Nosotros tenemos una situación con una persona muy poderosa y a la vez maniática, nos solicitaron llevarles algo que la sorprenda y que nunca hubiera visto, les pedimos un dinero por adelantado para poder transportarnos, lo hicieron, pero nos advirtieron que nos vigilarían donde quiera que estuviéramos y, pues, no habíamos encontrado nada adecuado para ostentarles.

Bueno, hasta este momento que he probado lo más delicioso que existe y que sale de tus ojos como lágrimas, es muy impresionante, creo que podemos hacer un trato: les mostramos este don tuyo, ellos se van a impresionar y me dejarán el dinero ofrecido, no tendremos que huir como fugitivos y luego los regresaremos a sus casas, ¿les parece bien?, ¿ah? Y por cierto, mi nombre es Kert y mi compañero se llama Lown —dijo el hombre barbudo muy entusiasmado y añadió: —En un momento regreso con ustedes, iré a decirlo a Lown.

En los pocos minutos que estuvieron solos, Halu le dijo a Dustin:

—Verdaderamente, tenías razón, las lágrimas a veces salvan y te dan respuestas.

Luego de que Lown comprobara lo que su compañero Kert le había dicho, idearon un plan para presentarlos donde la misteriosa reina caprichosa y así garantizar su seguridad y su futuro con todo el oro que recibirían.

Kert ordenó a los tres hombres, que le acompañaban en el barco, dar un giro al noroeste, había un punto en el mar, donde se abría un portal por medio de un remolino casi invisible, de esa manera entraban al imperio de la reina caprichosa: estaba como en otra dimensión paralela.

Cuando llegaron a ese lugar, los niños estaban asombrados al ver lo que estaba sucediendo: flores extrañas, su castillo no era común, era en forma de diamante dentro de una esfera, las esculturas eran inversas, la hacían de la cabeza a los pies y nada de lo que había en ese reino era común. Al parecer ella estaba obsesionada con todo lo que fuera raro o diferente, incluso se cansaba pronto de todo y debían buscar algo más que la distrajera o la impresionara.

Inmediatamente pisaron su territorio, Kert, Lown y los demás fueron capturados, porque se habían dado a la fuga en vista de que no se habían reportado, ni conseguido en el plazo establecido, nada que impresionara a la reina.

Uno de los requisitos fue que estuviera fuera de su mundo, pues ya ella conocía todo lo que había en su reino.

Cuando se presentaron ante ella, Kert y Lown le aseguraron que habían encontrado algo que la emocionaría.

Halu se presionó un poco y no recordaba cómo llorar.

—No se preocupe, su majestad, podemos mostrar primero a el otro joven que su orina sabe a caramelo —dijo Kert, preocupado.

Todos empezaron a reír y la reina respondió: —¿Esto es una broma?

Al ver la situación, Dustin lo ayudó, susurrándole entre dientes que, si no lloraba, no volvería a ver a su padre nunca más y que posiblemente los matarían.

Entonces comenzaron a fluir lágrimas dulces, más deliciosas que cualquier golosina que hubieran probado; era celestial su sabor.

Ordenaron al catador real que probara primero, por si se

trataba de alguna trampa, pero al notar todos la expresión extasiada de su rostro, se les hizo agua la boca y la reina cedió a experimentar.

Ella se rindió ante tal degustación.

Todos los espectadores se asombraron y deseaban probar, aunque fuera un poco para entender la emoción de la reina.

Le dieron su paga a Kert y a Lown, como lo habían acordado, pero no querían dejar libre a los niños o especialmente a Halu.

Sin embargo, una vez más, Dustin tuvo una idea oportuna, le dijo a la reina que debían regresar a su hogar porque Halu perdía energía y se podía morir, solo su padre conocía su secreto y cómo mantenerlo a salvo.

Por la seguridad con que Dustin habló, la reina los envió a su casa escoltados y de pronto se sintió satisfecha, ya no quería retenerlos y algo en ella cambió, deseaba ser una mejor persona y solo le dijo unas palabras finales:

Eres alguien especial, tienes el don de endulzarle la vida y el corazón a cualquiera, debes sentirte orgulloso por ser alguien diferente a todos, espero tener la oportunidad de compartir contigo en otra ocasión, les deseo un feliz viaje.

También quisiera decirle algo, si me lo permite, por su puesto... —expresó Halu mientras fruncía su ceño.

¡Adelante! —exclamó la reina.

He visto muchas cosas extrañas en este lugar, se puede apreciar su gusto por todo lo disímil, sin embargo, de dónde viene cada una de ellas; allá en su mundo, son comunes. Usted siente fascinación por algo y después que se acostumbra a verlo ya no le impresiona más, eso le sucede a todos, pero no todos se dan el lujo de cambiarlo porque ya no les impresiona.

Creo que debería observar su reflejo y reconocer lo hermosa que es, muy diferente a todas las demás personas que he conocido. Siento fascinación al ver su rostro de porcelana, su cabello azul, sus ojos como dos zafiros y sus uñas de diamante; estoy seguro de que si la vieran en los demás mundos, cualquiera quisiera ser como usted, no sería algo pasajero, hay que entender que al final, paradójicamente, todos somos iguales y heterogéneos también, pues hay un toque especial que tiene cada quien para diferenciarnos del resto, solo es cuestión de descubrirlo y valorarlo.

Por último, le digo que intente no aferrarse a las cosas materiales, pues ellas perecen y con facilidad pierden su encanto —dijo Halu mostrando gran admiración hacia la reina.

¡Vaya!, es lo más hermoso, coherente y sensato que me han dicho, aquí todos siguen mus órdenes, pero nunca se habían referido a mí con palabras tan sabias, ni siquiera habían reconocido mi esplendor de ese modo tan directo, ¡muchas gracias Halu —respondió la reina emocionada, al tiempo que despidió a Dustin y a Halu con un suave beso en las mejillas.

Cuando llegaron a su mundo, los hombres que los escoltaron se alejaron sigilosamente para no correr el riesgo de ser capturados por las autoridades que en ese momento estaban buscando el paradero de los niños. Notaron que a pesar de que pasaron tres días en esa aventura, en su mundo real solo habían pasado algunas horas.

La familia de Dustin lo recibió entre risas, lágrimas, besos y abrazos.

Cada uno llegó a su casa, el padre de Halu estaba aterrado y al mismo tiempo, emocionado de ver a su hijo otra vez, quería reclamarle, pero su alegría de verlo era mayor. Halu le pidió respuestas a su padre sobre su condición:

—Tu nombre significa dulce en árabe, no existe una explicación médica para tu condición. Te mantengo aquí en casa, para no exponerte ante la sociedad que es muy dañina, se aprovecharían de ti y podrían usarte como un experimento, ese ha sido siempre mi mayor miedo, que sufras o perderte como perdí a tu madre.

Hice la promesa de que te llevaría a otro lugar donde no nos conocieran y que no te expondría ante la sociedad para mantenerte seguro.

Es duro saber todo eso, agradezco tu protección, papá, sin embargo, creo que parte de vivir es enfrentarnos con el mundo, sacar nuestras propias conclusiones de todo y conocer a los demás antes de juzgarlos. En ocasiones me tropezaré, pero eso también es parte de la vida, no quiero estar encerrado en cuatro paredes, pensando que el futuro no existe, es más hermoso cuando tenemos la esperanza del "mañana", no sabré de qué soy capaz, si nunca puedo demostrarlo, quiero sentirme seguro de quién soy.

Permíteme mantener la ilusión de que no todo es malo allá afuera y que alguien me amará como soy —dijo Halu con una actitud convincente y dos lágrimas en sus ojos.

Su padre lo abrazó al escucharlo, se sintió orgulloso porque notó mucho denuedo y madurez en sus palabras, confió en que él estaba preparado para enfrentarse al mundo de la noche a la mañana, había conseguido dos cosas muy importantes para enfrentarse a la vida:

Amor propio y coraje.

Fin

Querido Limpiabotas

Se sentó en una vieja silla de guano que se mecía, de tantos jalones que había recibido. Puso sus pies descalzos en el piso de tierra al que recientemente su madre le había echado agua para evitar que se levantase el polvo y bebió todo el jugo de naranja agria que se había servido en un jarro de aluminio enorme.

En un momento de quietud total, sintió el viento soplar suavemente y orear su cara, al punto secarle en un segundo todo el sudor que bajaba por su frente y aplacar los vellos rebeldes de su piel.

En ese preciso instante, cuando se detuvo el cacareo de las gallinas, el gruñido de los cerdos, cuando ni siquiera se escuchaba el ladrido de los cuatro perros "viralatas" que tenían y su hermana frenó el ruido persistente del coco en el guayo, fue como si todo el entorno se hubiera puesto de acuerdo para regalarle ese momento en donde pudo capturar aquel pensamiento fugaz que le surgió de la nada.

Sí, un pensamiento… Dedujo que había vivido toda su vida en ese lugar haciendo exactamente lo mismo, año tras año, sin tener una meta que seguir; nadie le había enseñado sobre eso, apenas había aprendido a leer y a escribir, gracias a un libro "Nacho" que su padre conservaba intacto desde hacía más de una década; ese librito era intocable y cuando él lo sacaba, todos sus hijos se sentaban alrededor, una de las frases que repetía siempre era "aprendan para que no los engañen".

Berto estaba inquieto, así que se dirigió hacia el río que estaba a unos pocos metros de su humilde casa de tejamanil y cana, sus hermanos estaban en actividades diferentes, pues apenas el reloj marcaba las dos de la tarde; ese baño fue una manera de calmar la euforia que estaba recorriendo por sus venas cuando le surgió ese pensamiento que para él fue como una epifanía, así que tontamente sonrió y contempló el futuro.

Ese pensamiento produjo una emoción…

Esa noche, cuando Berto levantaba la lámpara de queroseno para colocarla en un muro donde alumbrara mucho más, comenzó a silbar denotando su evidente alegría, mientras su hermana mayor y su madre estaban en el fogón calentando la leche de vaca que habían ordeñado en el día, al tiempo que asaban batatas en las cenizas y la leña; esa era la cena que les tocaba.

Berto compartía la cama con dos de sus hermanos y le era imposible dar giros en ella, como sentía en su cabeza; no dejaba de pensar en el siguiente paso que debía dar para salir de ese círculo al que se hallaba sometido.

Al menos descansó dos horas, las cuales se interrumpieron prontamente por el canto del gallo a las seis de la mañana, avisándoles que debían levantarse a la faena.

A esa hora, fue con dos sacos de hilo a recoger naranjas y mangos, por otro lado, guardó todas las hojas secas de tabaco que días anteriores había cultivado, ya estaban listas para ser enroladas.

Luego de eso, tomó un baño con agua fría que había almacenada en un cubo, cepilló sus dientes con jabón de cuaba, untó en sus axilas desodorante en crema con los dedos y peinó su cabello con una raqueta negra que siempre guardaba en sus bolsillos. se puso su mejor ropa; una que no estuviera manchada, ni remendada, unos zapatos de charol que nunca se ponía, pues no encontraba ocasión para usarlos, además estaban acostumbrados a andar en chancletas, unas botas, si era necesario, o descalzos si estaban en la casa.

Después que Berto se vistió, cogió un menudo que tenía guardado, los sacos con los mangos, las naranjas y el tabaco seco. Cuando intentó hablar con su padre sobre una idea de buscar algo diferente, encontrar una meta y cambiar de perspectiva, lo reprendió en el instante.

—¿Ni siquiera sabes a dónde vas o qué vas a hacer? ¿Te has vuelto loco, Berto? —gritó su padre, mientras los demás hermanos lo miraban asombrados.

Tiene razón papá, no sé a dónde voy o qué haré por allá y eso es lo que me mantiene con curiosidad y me alberga una esperanza de que las cosas serán mejores, sin embargo, aquí sí estoy seguro de dónde estoy y lo que hago. Será exactamente igual que en 30 años. No espero que me entienda, pero con todo respeto necesito que me dé su bendición y que respete mi decisión: ¡iré a la capital! —dijo Berto con un tono firme, pero con dos lágrimas en sus ojos que rápidamente limpió, y acto seguido se marchó en su caballo, colocándose un sombrero de paja que llevaba en las manos.

Toda su familia se quedó atónita, su madre se frisó y su padre puso cara dura, sin embargo, su corazón estaba más blando que una breva.

La emoción que le había producido aquel pensamiento, provocó una actitud en Berto…

Emprendió su viaje a la capital guiándose de los autobuses que iban repleto de personas. Berto no conocía a nadie, ni nada de ese lugar.

Cada vez que hacía alguna parada para descansar del sol y de la incomodidad de cabalgar tantos kilómetros, Berto vendía docenas de naranjas y de mango, de modo que empezaba a generar ingresos para manejarse en la capital.

Cuando estuvo dos pueblos más retirado de su provincia, ya había vendido absolutamente todo, solo le quedaba el tabaco que pretendía vender en otro momento.

En algunos de los peajes tenían ventas de galletas con anís, semillas de cajuil, dulces de leche y maní. Allí pudo degustar cada producto de esos con el menudo que llevó de su casa.

Berto sabia algunas cosas por intuición, otras porque de alguna manera las había escuchado de personas con más experiencia que él, apenas tenía dieciocho años de edad, pero sabía que existían moteles bien baratos donde podía pasar la noche cuando llegara a la capital y por esa razón cabalgaba despacio ubicando uno de esos, hasta que dio con el adecuado.

Esa noche, a diferencia de la anterior, pudo descansar bien, aunque antes de cerrar sus ojos estuvo ideando cuál sería su acción del día siguiente.

A unos metros del motel donde amaneció, Berto se instaló con una tabla que había traído, las hojas de tabaco con cada una de sus partes, una chaveta, un casquillo, un cepo y una vieja guillotina.

Berto comenzó a promocionar el tabaco que preparaba de manera ambulante como el mejor tabaco del país, hablaba con tanta seguridad que nadie dudaba de sus palabras, las personas se iban acercando y él fue tanteando los precios y según veía la aceptación (pues en su pueblo se intercambiaban o los hacían para el uso personal, pero pocas personas comercializaban el tabaco) iba elevando su costo a medida que se desplazaba a otras zonas. Nunca había visto tanto dinero junto y eso comenzó a aumentar su motivación.

Tenía material suficiente como para hacer una buena cantidad de puros.

En dos semanas, regresó a su tierra a llevarle dinero a su familia y buscar más tabaco, les dejó su caballo y volvió en un autobús a la capital, pero ya tenía otra visión, se ubicó en un lugar fijo y todos los días hacía mejor su trabajo, seguía vendiéndose como el mejor.

A ese ritmo y un poco más acelerado, nació la tabacalera De los Santos, haciendo referencia al apellido del Lic. Berto.

Un pensamiento produjo una emoción, la misma provocó una actitud que se transformó en un hábito hasta proyectar un carácter que forjó un destino.

Y esa es mi historia… ¡Querido limpiabotas! —suspiró mirando hacia abajo, luego de contar su relato al joven que le limpiaba los zapatos de cuero marrón en frente de su negocio.

La insensatez de Herly

Contando piedrecitas, musitaba un eco triste con sus agrietados labios sedientos, intentando evadir la realidad, el desastre inmenso que había provocado su egoísta imprudencia y si caben mas epítetos, su atroz maldad vestida de juego inocente.

El tiempo no se podía regresar, al menos en su mente lo ansió y repetía la escena en ella

—¡Caminen despacio para que no haya problema!, ¡caminen despacio para que no haya problema!, ¡caminen despacio para que no haya problema!

Esa repetida frase sitiaba sus pensamientos, ya estaba cansada de escuchar lo mismo y hasta le parecía un estribillo…

—¿Para qué las reglas? —pensó—. Es aburrido hacer siempre lo mismo y seguir esas normas tan absurdas. Voy a demostrar lo rápida que soy, todos caminan despacio por miedo a romper esas fuertes tablas, pero ellas no se rompen nunca, llevo años cruzando y ni siquiera se tuercen, apuesto que me admirarán cuando lo haga —continuó pensando.

Ese puente había sido creado por sus antecesores, sin dudas fue una gran hazaña que seguro ya nadie volvería a lograr, debido a que el lugar estaba muy accidentado por los cambios que produjeron algunos fenómenos insólitos que impactaron el territorio, estableciendo así una gran división: de un lado estaban todos los alimentos sólidos y del otro el agua, por alguna razón no podían estar ambos en un mismo lugar porque se desvanecían, así que debían desplazarse cuando necesitaban de uno u otro, no tenían otra salida, prácticamente estaban atrapados entre esos dos extremos. Se organizaron en grupos pequeños, habían creado estrategias para cruzar basados en la distribución de su peso, además mantenían una distancia apropiada para cruzar juntos ese largo puente.

Esa era la rutina que pronto se convirtió en su estilo de vida, entendían que no tenía otra manera de sobrevivir, pues ya lo habían intentado y era inútil.

¡Ese puente era su salvación! Hasta que la naturaleza volviera todo a su respectivo lugar.

Herly hizo como había imaginado, tomó la delantera y corrió, sus oídos se cerraron y no escuchaba la voz de los demás. Decidió no hacerle caso a la misma "majadería", corrió emocionada, ansiosa por ver sus caras al voltearse cuando llegara al otro lado donde estaban los alimentos y efectivamente llegó bien: no cayó al abismo, ni vio ninguna tabla desplomarse, así que volteó para ver sus reacciones y hubiera preferido no hacerlo porque al momento de colocar sus pies del otro lado, el equilibrio se perdió y todos los demás cayeron. Haciendo una fuerza contraria rompieron las cuerdas que los sostenían en cada extremo.

¡Increíble lo que causó la insensatez de Herly!

Si era una tarea muy fácil: "Caminen despacio para que no haya problema".

Grandes pisadas

Sus lágrimas se habían hecho invisibles, ya estaba acostumbrado a vivir con el corazón roto e intentaba abrazar la decepción como si fuera su propia madre.

Magnus era muy conversador consigo mismo, pues nadie más le prestaba sus oídos para escuchar sus ilusorias pláticas. Le exigían trabajar de más para que fuera "como ellos", lo menospreciaban por ser diferente, haciéndolo sentir como un fenómeno por su apariencia.

Le tocaba realizar casi todos los trabajos de aquella aldea, él se esforzaba cada vez más para agradarlos y rogaba que le ayudaran a quitarse lo que pensaba era una maldición. Deseaba tener el aspecto de los que lo rodeaban.

Con sus gigantescas manos, trasladaba hasta una casa con una familia dentro, arreglaba el entorno y en ocasiones atravesaba su cuerpo sirviéndoles de sombra cuando el sol estaba muy intenso y sus arbustos podados no cubrían lo suficiente; Magnus era enorme comparado con ellos.

Tendremos una fiesta, Magnus, necesitamos que nos ayudes a organizar todo, como ya sabes no podrás asistir porque todavía no eres como nosotros, quizás algún día lo puedas lograr —dijo uno de los aldeanos con ironía.

Pero he hecho todo lo que me han pedido, he seguido las reglas, no entiendo por qué aún no logro ser normal. Jacob me dijo que tengo una maldición de los dioses y que solo con mi buen comportamiento puede romperse —dijo Magnus eufórico.

Bueno, creo que la fortuna se tarda más tiempo en otros, pero tú sigue haciendo lo tuyo y mantén la esperanza de que un día te integrarás a nuestra aldea y podrás vivir, así como nosotros.

El sentimiento de inferioridad que imperaba en su mente, incapacitaba ver las oportunidades que tenía por delante y utilizar su potencial al máximo.

No recordaba cómo llegó a ese lugar, simplemente era el único espacio del que tenía memoria, para él ese era su hogar.

No había llovido en meses, la tierra estaba tan árida y agrietada que parecía como la piel de cocodrilo. Magnus tuvo que dirigirse a un río que estaba a unos kilómetros para llevarles agua a los aldeanos.

En eso, se encontró con un águila que no dejaba de mirarlo mientras volaba muy cercana de su cabeza.

Oye, me pareces conocido, ¿será que te he visto antes? —preguntó el águila curiosa.

No creo, al menos yo no te había visto nunca.

¿Por qué vienes a buscar agua aquí tan lejos de los tuyos?

Pero no estoy tan lejos, solo a unos pocos kilómetros hacia el oeste.

¿Acaso me hablas de la aldea que está en esa dirección? —señaló el águila.

Así es —respondió con poco interés.

Ahí viven unos enanos perezosos… espera un momento. Ya recuerdo, en ese lugar es donde te he visto antes, hace unos años me detuve a observar por qué estabas ahí con ellos, dormías en el suelo, llevabas una ropa bordada que, según veo, aun conservas, aunque ahora la usas como bufanda, pensé que andabas explorando y que no demorarías mucho tiempo ahí ¿No te das cuenta que son muy diferentes?, debes ir al norte, ahí están los que son como tú, a tu nivel —dijo el águila entusiasmada.

—¿Qué cosas dices? Ellos son mi familia, pronto tendré su apariencia, esta maldición no me acompañará por siempre.

¡Vaya que eres ingenuo! No tienes maldición alguna, yo diría que eres especial, estás más cerca del cielo que ellos, puedo asegurarte que han sido los más egoístas en forzarte a encajar en su entorno, es algo imposible, debes buscar tu lugar a donde perteneces, donde puedan aceptarte como eres, puedas desarrollar tu potencial y te sientas cómodo por lo que eres, debes verte como una bendición, no lo contrario.

¡Qué paradoja! Quieren que tengas la mentalidad de su tamaño, sin embargo, se aprovechan de tu gran estatura para su propio beneficio.

Te digo que he volado muy alto y muy lejos, al parecer te extraviaste y caíste en el lugar equivocado, estás estancado y desperdiciando tu vida, esos astutos te utilizan y juegan contigo. Seguro nunca han hecho nada por ti y te llenan de ideas absurdas para hacerte sentir defectuoso.

Puedo guiarte al norte a donde realmente perteneces, con tus grandes pisadas no te tomará mucho tiempo llegar.

¿Y qué pasará con ellos?, debo llevarles el agua, me necesitan… —dijo Magnus, preocupado.

Por primera vez en tu vida piensa en ti, ellos tendrán que moverse cuando necesiten algo y lo van a buscar. ¿O crees que si mueres, ellos morirán contigo? Encontrarán la manera de sobrevivir y quizás solo te recuerden por los favores que les hacías —respondió el águila molesta.

Magnus se dirigió al norte guiado por el águila, una vez allí, no podía disimular su asombro, quizás no lucía como ellos, por su vestimenta, estilo de cabello y demás aspectos externos, pero tenían similitud en estatura y rasgos físicos.

Aquella era una metrópolis bastante organizada y decorada con distintos tipos de arte. No tardó mucho tiempo para que Magnus se integrara en aquella sociedad, se sentía en sus aguas, sin prejuicios y listo para aprender hasta dónde podían llevarlo sus grandes pisadas.

Chelito mío

Cuentan que esa era la niña más fastidiosa, traviesa y parlanchina. No se callaba por nada del mundo, a veces los vecinos cerraban sus puertas para no escucharla parlotear, ni verla correteando en la comarca. Parecía que ya no la toleraban.

Su nombre era Karen y vivía con su abuelita Nora. Aquél era un vecindario pequeño y populoso, todos se conocían. Estaba lleno de niños, pero ninguno quería jugar con ella, influidos por sus padres que le prohibían pasar el tiempo con Karen, decían que era chiflada, no tenía educación, ni respeto por nadie, así que ella se veía en la obligación de jugar sola con su imaginación. Daba saltos de allá para acá, cantaba y bailaba sola, como si nada le afectara, era como si ignorara el hecho de que nadie quería estar junto a ella, se mostraba feliz, aunque para los demás eso era molestoso.

Karen iba a la escuela como todos los niños, su abuela siempre estaba atenta a esos asuntos, sabía que, si la dejaba fuera, no solo iba a perder las posibilidades de formarse y educarse correctamente, sino que la tendría todo el día cantando y haciendo todas esas actividades que se le ocurría solo a ella.

El ambiente en la escuela era distinto. Karen era muy aplicada, la primera que hacía sus tareas era ella, sin embargo, los profesores se irritaban con su intensidad, solamente una maestra la entendía y sabía cómo manejarla, Magdalena.

Sus compañeros sentían envidia al verla presentar algún proyecto de manera exitosa dando hasta el más mínimo detalle, aunque francamente, a veces era exagerada. Ni siquiera le aplaudían, pero era tan auténtica que lo hacía ella misma; una vez finalizaba se daba un gran aplauso y tomaba su asiento complacida y sonriente, quizás su actitud frente a las acciones represivas de ellos era lo que más les incomodaba.

Muchas personas se dirigían a Nora para que corrigiera a su nieta, pero ella asentía con la cabeza y trataba de buscar alguna forma de resolver la situación. Su manera intrépida de ser tenía una razón, a lo mejor Nora no era muy experta con esos temas, pero sabía que Karen era una buena niña. Sus padres se fueron a vivir al extranjero para luego de establecerse llevársela, sin embargo, la dejaron con ella olvidándose de sus responsabilidades, así que ella la cuidó como su hija.

Un día en el parque de la comunidad una sinfónica realizó un concierto informal, al parecer ellos hacían un recorrido y se detenían en algunos lugares estratégicos para llamar la atención o entretener con su buena música a un desconocido público.

Karen al ver esto se acercó más adonde estaba la música, fue como una hipnosis ese momento, por primera vez Karen estaba quieta, no estaba sobresaltada, ni ansiosa, sino totalmente calmada y admirada de aquellos instrumentos. La maestra Magdalena la estuvo observando durante unos largos minutos; aunque nadie lo reconocía, ella sí sabía que Karen era especial, simplemente no encajaba en el patrón conductual que le exigía la sociedad, su curiosidad era tanta que les colmaba.

Magdalena notó que el instrumento al que Karen no le quitaba los ojos de encima era un violonchelo, se acercó a la niña y le preguntó:

¿Conoces ese instrumento, Karen?

No, maestra Magdalena, solo sé que su sonido es maravilloso.

Se llama violonchelo, aunque la mayoría solo le dice "chelo" —dijo la maestra con una sonrisa.

Yo quisiera un chelo, lo tocaría muy bien —dijo Karen, ilusionada.

Magdalena estaba sorprendida ante esa serenidad que mostraba Karen. La música logra esto y mucho más, es perfecta —pensó. Hasta que terminó el concierto Karen no se movió de su lugar.

Después de algunos meses, la maestra Magdalena aprovechó que era su cumpleaños y le regaló a Karen un chelo con su nombre tallado, le dijo que lo amara, lo cuidara y que se dedicara a él.

Ese fue el momento más feliz para aquella niña, abrazó fuertemente a su maestra y mostró a su abuela el hermoso detalle.

Cada vez practicaba más con su instrumento, ya no correteaba por la comarca, ni parloteaba todo el día, tampoco saltaba de allá para acá, bailaba o cantaba, pero ahora el problema para los vecinos era otro. Ellos decían que no soportaban ese sonido de aquel instrumento, le pedían a Nora que se lo quitara o que lo hiciera más bajito.

Pero si eso no molesta. Además ustedes están a varias casas de la mía, ese instrumento no es escandaloso, al contrario, es armonioso. Karen está aprendiendo muy rápido a tocarlo —justificaba su abuela en frente de ellos.

—No nos parece que esa niña esté tocando música, más bien hace ruido —dijo uno de los vecinos al tiempo que todos reían.

Karen escuchaba todo desde su habitación. Por un instante se entristeció, pero retomó la actitud que la había mantenido a salvo todo ese tiempo.

Ya tenía 10 años de edad, había desarrollado buenas técnicas y su música empezaba a sonar exquisita, no despegaba de ella su chelo, ni para dormir.

Una tarde algunos niños la llamaron para que jugara con ellos y les tocara de su música, ella alegre e impresionada se dirigió hacia ellos, los deleitó con su música y después comenzaron a golpear su chelo. Lo dejaron casi inservible.

Karen lloró con amargura y les gritaba que eran muy crueles, recogió cada pedazo y se los llevó para su casa, mientras ellos se burlaban de ella y decían alegres que no volverían a escuchar "su música espantosa".

Ella, turbada, intentó durante toda la noche arreglar el instrumento. Su abuela no se había dado cuenta de lo ocurrido, pues ella fue muy sigilosa, apenas lo pudo remendar con unos parches y pegamento que tenía, quedó deformado y destrozado, las clavijas las pudo pegar y el arco no sufrió daño, pero la tiradera y el afinador estaban muy rotos; esto la puso muy triste.

Al día siguiente tuvo que ir a la escuela. No quería decirle a su maestra Magdalena lo que había ocurrido, y sencillamente no decía nada, estaba callada y triste. Por primera vez todos se alarmaron porque ella siempre estaba activa, ni siquiera el bullying que le hacían le afectaba.

Cuando Karen llegó a su casa, entró en su habitación, tomó su instrumento y le dijo:

Voy a ahorrar para comprar otro violonchelo, pero tú siempre estarás a mi lado, lo voy a grabar para que no se te olvide, decir estas palabras la animó, cambió su rostro…

Tomó un objeto punzante, parecido a un lápiz o pincel y escribió en su instrumento: "Chelito mío".

Los días no se detenían y Karen solo quería reunir suficiente dinero para comprar otro chelo, guardaba el dinero que su abuela le daba para su merienda todos los días. Ellas se mantenían con el dinero de la pensión que le llegaba todos los meses, era suficiente para cubrir sus necesidades básicas.

Karen era una niña con un coeficiente muy elevado. Había sufrido mucho el abandono de sus padres, su carácter imperativo aumentó por esta razón, hacía ruido para no escuchar sus propios pensamientos que la atormentaban con la idea de que sus padres la habían dejado porque no la amaban. Se reía de manera abrupta para olvidar que estaba triste por dentro y con su corazón roto. Trataba de sobresalir en clases para llamar la atención, solo que nadie conocía esas verdades. La música fue su refugio, le calmó los demonios que tenía por dentro. Ese volcán en erupción, ese torbellino en constante movimiento, todo fue aquietado por el sonido del chelo, por esto no pudo disimular su tristeza porque le habían quitado lo único que en todos esos años había sido capaz de aliviarla verdaderamente.

Después de ocho meses sus padres llegaron del extranjero, explicándoles todo lo que habían sufrido porque fueron apresados injustamente de la peor manera, no les permitían ni siquiera comunicación. Cuando aparecieron los verdaderos responsables, los extraditaron a su país con una gran indemnización por tal agravio.

Con el dinero que tenían sus padres fue suficiente para comprar una gran casa en otro lugar, cambió de escuela, le compraron uno de los mejores chelos y comenzó a tomar clases de música. Su vida dio un giro por completo, fue como empezar de cero.

Cuando hubo pasado diez años… una noche realizaron un concierto en el parque de su antigua comunidad; llevaron regalos a algunos niños, refrigerio y algunas donaciones a instituciones benéficas locales con los fondos de una fundación anónima.

Cuando terminó la función, una persona tomó el micrófono, y luego de unas palabras de salutación y agradecimientos, presentó a Karen, como la responsable de aquel evento en el cual se beneficiaron tantas personas, al mismo tiempo que reconocieron sus méritos musicales y revelaron que ella había sido parte de esa comunidad.

Los munícipes se quedaron asombrados al ver en la hermosa mujer talentosa que se había convertido Karen, todo el que la había maltratado se sintió avergonzado.

Al final Karen logró ver a su maestra Magdalena, mostró su antiguo chelo enmendado, el cual llevaba a todas sus presentaciones importantes, con el grabado: "Chelito mío". Magdalena no pudo contener sus lágrimas y le dijo, mientras se abrazaban:

—¡Sabía que eras especial!